푸른
시인선

022

오해 뭉치

선선미 시집

ᄑ근ᄋ

푸른시인선 022

오해 뭉치

초판 1쇄 인쇄 · 2021년 6월 15일
초판 1쇄 발행 · 2021년 6월 20일

지은이 · 선선미
펴낸이 · 김화정
펴낸곳 · 푸른생각

편집 · 지순이 | 교정 · 김수란, 노현정 | 마케팅 · 한정규
등록 · 제2019-000161호
주소 · 서울시 마포구 토정로 222, 402호(신수동, 한국출판콘텐츠센터)
대표전화 · 031) 955-9111(2) | 팩시밀리 · 031) 955-9114
이메일 · prun21c@hanmail.net
홈페이지 · http://www.prun21c.com

오해 뭉치

시인이 누군가의 곪은 상처를
콕 터트리려면
자신은 그 바늘에 얼마나 찔려야 할까

시인이 누군가를
안개 자욱한 길에서
꽃을 보게 하려면
자신이 얼마나 그 안개에
흠뻑 젖어야 할까

왼손잡이의 오른손이
너를 위해, 오이를 썰다, 무채를 썰다
도마 위에서 수없이 베이고
왼손잡이의 오른손이
너의 찢어진 옷깃을 꿰매다
오른손이 바늘에 찔리듯
어설픈 왼손잡이의 오른손은 상처투성이

2021년의 여름을 기다리며
왼손잡이, 선선미

| 차례 |

■ 시인의 말　5

제1부 기적에 대하여

제2부 연약함에 대하여

| 차례 |

제3부 소박함에 대하여

| 차례 |

제1부

기적에 대하여

명작, 쿠크다스

쿠크다스 한 박스
한 박스를 다 까도
멀쩡한 것보다 깨진 것이 더 많다는 것을
쿠크다스 한 박스 먹어본 사람만이 안다

쿠키의 명작이라고
개별 포장마다
금색으로 적혀 있다.
쿠키는 가슴이 빠작빠작
금이 갈 준비가 되어야 명작!

빠작빠작 금이 갈 만반의 준비가 되어 있어야 명작이
된다
명작 쿠키, 쿠크다스

꽃밭이 된 모나리자
— 이이남 아티스트의 〈신모나리자〉 작품 앞에서

한 여자가 탕
총에 맞는다
그 자리에 수국이 피어난다

한 여자가 탕탕
하고 싶은 말 대신
묵묵히 총을 맞는다
손목을 파고 들어간 총알
그 자리에 가시 없는 장미꽃 다발이 피어난다

한 여자가 탕탕탕
운명의 원인을 더듬지 않고
고요히 수류탄을 맞는다
심장에 총알이 깊숙이 박힌다
마른 꽃 향기가 생생히 퍼진다

그 여자는 모나리자
수북이 몰려드는 폭격기의 화려한 공격을 받는다

거대하고 화려한 공격을 받는

여자는 우주로 피어난다

대꾸도 소꾸도 하지 않고 공격을 받은 여자는

아름답고 화려한 폐허의 꽃으로 피어난다

이른 봄, 쑥

아스라한 언덕에 겨우 얼굴 내민 잎싹 하나
봄바람이 시샘하여 들락날락
과거라는 깊은 덤불에 묻혀 있다가
작년이라는 과거에서 겨우 벗어난 잎싹 하나

밟히고, 베이고, 짓이겨진
과거에서 벗어나려고
쑥쑥 자랐다고 으~쑥대는 쑥
이른 봄의 어린 쑥은 엉덩이에
과거라는 마른 잎을 그대로 달고 환생했다

쑥의 엉덩이에는 찬 서리 서걱거리는 과거가 달랑달랑

쑥은 또옥 떼어낼 수 없는 독한 과거만큼 향긋하다
겨울 추위가 독할수록 더 향긋하게 퍼지는 오늘의 향기

어느 3월의 수상한 약속

라면 다섯 봉지 구했다고
평생 먹을 양식을 보장받았다 여겼던
그 소탈한 마음, 변하지 않기

벌벌 떨며 줄 서다 마스크 두 개 구했다고
2백억 원 복권 당첨 소감으로 가슴벅찼던
그 모든 것을 성취한 만족감, 변하기 않기

찌근찌근 머리는 아파도
열은 나지 않음에 아스피린 먹고 춤추며
건강한 유전자를 물려주신 부모님께 감사의 절을 올린
그 지극한 효심, 변하기 않기

바로 앞에, 옆에, 뒤에, 위에
나와 함께했던 전혀 모르는 사람의 건강을 기원하는
지구를 구원할 인류애, 변하기 않기

밥

한 번도 중심에 있어본 적이 없던 너
단 한 번도 VIP 명단에 올라본 적이 없던 너
그렇다고 중요 인물의 자리에서 빠진 적도 없었던 너
없는 것처럼 영원히 있었던 너

노총각 나무꾼의 후미진 부엌에서도 뜨거운 가슴을 품고
선녀가 찾아온 부뚜막에서도 모락모락
신방을 뜨겁게 데웠던 너

한 번도 특식인 적이 없었던 너
하지만 왕의 상에서도
촌부의 상에서도
한 번도 빠진 적이 없던 너
모든 역사에 있었던 평범한 너
누구의 상에서도 뽐내지 않고
촌스럽게 고고했던 너

중심에 앉겠다고 앙탈 부리지 않고

차라리 숭늉이 되어도
뜨거운 순결을 포기하지 않았던 너

한 번도 특식 메뉴 오른 적은 없었지만
만만대대 없는 것처럼 자연스러워, 비로소 거룩하다
그저 존재하는 당신을 엿이라 하지 않고
힘이라 하고, 심이라 하고, 밥이라고 여긴다

떡이 된 손

방앗간 모녀의 손
딸 손이 방앗간 기계에 감겼다

왼손 없이 떡을 빚는 딸이 슬픈 어머니
어머니는 그 딸이 슬퍼
딸의 왼손이 되어 방아를 찧다
오른손이 기계에 말려
손을 잃었다

한 손을 잃어, 온전히 한 몸이 된 모녀
한 손이 없이도 구십 고개를 떡하니 넘은 어머니가
인생의 기억을 하나하나 잃었지만
딸의 고달픈 오른손과 방앗간은 선명하다
"얼른 가라, 떡하러 가라"

일어서지도 못하는 구순 어머니가
겨우겨우 기어서 마당의 평상에 앉아
멀리 바라보며 종일 미소 짓는다

할머니가 마지막 기운을 차리고
떡 걸터앉은 그 평상은
방앗간의 연기가 모락모락 가물거리는 곳
딸의 방앗간

수상한 기적

빈손으로 빈손을 잡는 만남과 헤어짐이
기적이었습니다.
눈을 마주하며 이마에 흘러내린
땀이 찐득한
거리 아이의 머리카락을 쓸어올려주던 손길이
기적이었습니다.
하얀 이를 반짝거리며
헛헛한 인사를 나누었던 일상이 기적이었습니다.
저녁이면 집으로 돌아오는 가족을
덥석 안으며 수고했다고 말하지 못한
지나간 일상들이
멀어져간 기적이었습니다.

무너진 기적 앞에서
외면, 모른 척, 뒤통수를 바라보거나, 만리장성을 드리운
저마다 습성의 골을 봅니다.
일제히 마스크 가면을 쓰고, 가면 속에서
기적을 외면한 앙상한 몰골을 봅니다.

닉네임: 마른 반찬

마른 반찬은
밥상에 없어도 그만이고, 있으면 입이 심심하지 않고,
도시락에 덤으로 끼어서 다니고
국물이 흐르거나 식을 염려가 없고, 변질된 우려도 없어,

보글보글 끓는 찌개가 되면, 혹시 식탁 중앙에서 거들
먹거리고 싶을까 봐.
김이 모락모락한 밥이라면, 행여 꼭 끼어야 한다고 으
슥거릴까 봐.
흥덩한 국이라면, 자칫 질퍽해져서 정도를 넘을까 봐.

닉네임을 마른 반찬이라고 해놓고,
마음은 정반대
어디서나 가운데서 거들먹거리고 싶고,
가장 중요한 사람처럼 어디든 끼고 싶고
모든 순간을 질퍽하게 흐느적거리고 싶다.

있는 듯, 없는 듯, 단순해야
섞여 살아간다, 마른 반찬처럼

다이어트의 역사

에덴동산에서 추방당한
모든 인간은
근육을 움직이며 살아야 하는 저주를 받았다
에덴동산에서 추방당할 때
신에게 가죽 팬티를 하사받은 아담과 이브
아담은 가죽 팬티에 힘을 주고
평생 삽질할 때 '근사하다'고 우러러보는
남자의 숙명이 정해졌다.

이브는 가죽 팬티가
부드러워질 때까지 엉덩이를 움직여야 '예쁘다'는
처절하게 예쁜 저주가 내려졌다

가죽 팬티는 움직일 때 부드러워진다
인간은 엉덩이 근육을 실룩샐룩 움직일 때
빛난다

알고 보면

에덴동산에서 인간이 쫓겨날 때
신에게 선물받은 그 가죽 팬티는
근육에 건 저주이자 희망의 메시지였다

다이어트가 힘들 때,
엉덩이를 콕 찔러봐!
신이 내린 축복과 저주의 근육이 느껴질 거야.

흙의 마음

흙이 다져지면
입을 꼭꼭 다물어서 다져지면
콩, 한 알 이해 못 한다

밭이 다져지면
꼭꼭 닫혀 다져지면
사랑도, 미움마저도 심지 못한다.

비에 다져지고, 바람에 다져지고
이슬에 고요히 다져진 밭

호미로 파이고
때로 삽으로 느닷없이 뺨을 맞고
지렁이가 콧구멍을 꼬물거리고
두더지가 굴을 파서 밤새 들락거려도
눈감아주고

똥, 오물이 진득하게

마사지되어 향기로워져

달콤하게 어울리는 시간을 상상하는 밭

마음의 밭도

풀어헤치고, 파헤치고, 똥오줌에 무심할 때,

몽글몽글 살아난다

배롱나무, 그 사람
— 진실한 만큼 천천히 꿈을 향해 걷는 강창민을
  응원하며

새로운 길에 적응하지 못하여
자주 발을 헛딛는 사람의 피는
춤추는 꽃분홍입니다.
그 사람의 숨결에는
꽃을 품은 배롱나무의 무던한
말할 수 없이 무참한
진심이 들숨날숨거립니다.

배롱나무가
새로운 땅에 적응하여 꽃을 피우려면
세 번의 이식을 해야 합니다
서로 다른 분위기, 서로 다른 체온, 서로 다른 눈빛
서서히 적응하는 배롱나무의 붉은 진심은
영롱합니다.

강화도, 어느 정원에 겨우 자리 잡은 배롱나무
백 일을, 천 날을, 천천 날을 숨겨둔 꽃을 피웁니다
부산에서 1년 적응, 대전에서 1년 적응, 서울에서 1년

적응

　유일하게 긴 적응기가 필요한 느림보, 배롱나무 그 사람!

　이식의 아픔과 적응의 고통을

　내색도 없이 번들번들 버틴, 배롱나무 그 사람!

　그 세상에 뿌리내릴 때까지 살랑살랑 흔들리다

　천천만만 날을 꽃노래합니다

최저 생계비

아기 입에 물리려고 슬쩍
품에 넣은 메마른 분유
아비의 심장에서
꿀젖으로 흐른다

최저 생계 도둑
그 아비 도둑의 꼬리를 잡은 경찰이
자신의 최저 생계비 털어서 우윳값을 대신 지불한다.

도둑 아비의 젖꼭지에서 젖이 돈다
경찰의 젖꼭지에서도 생젖이 돈다

통 큰 기도

일용할 양식!

아니 되옵니다.

내일 먹을 양식까지 보장하소서!

위대한 자갈치 아지매

비린내가 밀려오는 시장터, 자!갈치!
30년 동안 바람도 불고, 땡볕이 쏟아지고, 비구름도 지나갔던
비린내에 밥을 비벼 먹고
비린내에 찌개를 끓여 먹고
비린내에 꿈을 볶아 먹고
앉아서도 먹고, 서서도 먹다가
어느 날부터인가
자신의 몸이 둥그런 공이 되어
비린내를
온몸으로 끌어안고 굴리는
자갈치 아지매

주름 사이에 배인 비릿비릿한
싱싱한 바다 향기
태평양의 새파란 파도가 물결치는 어깨

비린내를 끌어안은 그녀의 몸은

둥그런 지구가 되고

새파란 파도가 되고

성난 파도를 잠재우는 파도

운명을 끌어안은 위대한 비린내

물들다

연노랑 원피스 입고
가지나물 조물거리니
치맛자락에 보랏빛 물들었네

얼굴 예쁜 친구 만나
장미꽃 울긋불긋 피었더니
홍조가 얼굴 가득 번지네

수다스런 그녀를 만나
옥쟁반 위를 떼구르르르 구르다 보니
반나절이나 마음속에
새소리 요란하네

아픈 친구 만나
가슴 쓸어내리는 동안,
고개를 끄덕이는 동안
언제인가 내 가슴에서 부러져
평생 콕콕 찔러대던

바늘 반쪽을 찾아냈네

관계

담 너머의 그를 볼 땐
담을 쌓고 그윽하게
그저 바라보자
아무리 가까운 사람도
개나리꽃 담 너머로 살짝 바라보고
아무리 다정한 사람도
조팝나무 사이로 요요히 바라본다면
무심히 바라본다면
우리의 관계들은 꽃이 되리라.

담은 수만 년 동안 지속된 족장들의 전쟁을 종식시켰다
때로 담은 옹졸한 포용보다 아름다운 거부였다

함부로 담을 넘어 너에게 가지 않고
함부로 담을 넘어 나에게 닿지 않게
저주의 담을 쌓고
갈망의 담을 쌓고
망설임의 담을 쌓고

담장 사이로 바라보는 실루엣

멀어서 추궁이 바람에 날아가고

아득해서 미움도 추억이 되고

서로의 담 앞에서 꽃몽우리로 말하고

때로 여물지 못한 새잎으로 말하고

여운으로 말하여도 대답이 되는 담

말랭이

상처는 상처받은 즉시
그 상처의 결대로
햇볕에 말려야 흉 지지 않는다

무말랭이, 고구마말랭이, 감말랭이는
온몸이 쪼개졌어도
상처라 하지 않고
위대한 말랭이라고 말한다.

말랭이는
음지를 스스로 나와
상처를 낱낱이 펼쳐
옹졸한 자존심이 말라비틀어질 때까지 쪼그라진다.

말랭이는
자신을 쪼개고, 부수고, 갈기갈기 벗겨낸 상대의 손길을
단 한 번도 원망하지 않는다.
오직 자신의 쪼개진 온몸을

햇볕을 향해

그에게 찍힌 상처와

그 상처로 들추어진 오래된 과거의 슬픔 서러움까지

활짝 펼쳐 말린다

상처는 말랭이의 위대한 추억일 뿐이다

발정

아, 내가 또 발정났나 보다

어떤 유명 시인 말마따나
술에 취한 비평가 아저씨
한 명 녹이지 못하는 시를 썼으면서!
또 시를 쓰고 있네, 내가!

시를 쓰며, 발정난 민들레 홀씨 하나
짝지우지 못하고
시를 주고, 친한 친구와 한 뼘도
가까워지지 못했으면서!
아! 내가 또 시를 쓰고 있네. 내가!

내가 시를 시는 것은
스멀거리는 영혼을 꼬시르는 발정이다

발정난 고양이가 불 붙은 꼬리를 털듯, 미친 듯!
한겨울 얼음장이 깨지도록 부르짖는다, 미친 듯!
발정난 민들레가 시린 영혼을

꼬시르러 어디론가 떠가듯 시를 쓴다

내가 불청객처럼 시를 쓰듯
발정난 당신은
반복적으로 같은 번호의 버스를 타기 위해
현관을 나선다.

심장 한켠에 조용히 당겨진
성냥불을 꼬시르는 발정
매캐한 통증이고,
스멀거리는 불길이며,
영원히 만나지 못할 그리움이다

화려한 삶의 유혹과
고요한 죽음의 유혹같은 발정
당신, 반복적으로 발정나더라도
차라리 발정과 밀당하며, 죽지는 마!
삶은 누구나 발정난 민들레 홀씨처럼
둥둥 떠다니는 것!

현대판 유배자

님을 향한 마음이 구절초처럼
구구절절하다
그 님은 능력 있고
그 님은 자상하고
그 님은 너그럽고
그 님은 위대하고
그 님은
또
능력 있고 능력 있지만
나를 오해하셨다

그 능력 있는 님이 죄 있다 하시니
나는 죄인으로
만 리 너머에서 노 저어 오는 뱃소리
나지막이 환청으로 들려온다

죄 있다
죄 있다

능력 있는 자의 오해를 불러일으킨 죄

그대는 도심 한복판에 있어도 유배자다

종달새에 대한 오해

들판에서 차가운 이슬 털고 일어난 종달새
집도 없이 자고, 날개 털며 춤추는 종달새

허허로운 들판에서
구슬 같은 똥그란 영혼을 날갯죽지에 묻고
칠성별 인증, 북두칠성을 지붕 삼아 잠이 든다

사람들은 영혼이 동그란 종달새를 오해했다
새 대가리가
날 새면 집 짓는 것도 잊어버리고 논다고 오해했다
날이 새면 집은 내일 짓지! 지지배배 지지배배
저녁이 오면 집이 없어 갈 곳 없어
지지배배 후회한다고 오해했다.
집 지을걸 집 지을걸 지지배배 지지배배

하지만 둥그런 영혼의 종달새는
절간에서 저녁을 알리는 종 울음소리에
먹다 남은 좁쌀을 종소리보다 고요히 내려놓는다

높이 퍼드덕거린 하루에 연연거리지 않는다
어떤 귀중한 일과도 내일로 연장하지 않는다
오직 자신의 몸을 동그랗게 말아
영혼을 구심점으로 삼는다
종달새의 이 가뿐한 일상을 오해했다

가뿐한 일상을 사는 새는
찬 이슬, 바람, 추위에
의미를 두지 않는다

모음 자유화, 퇴정을 알리다

김갱자 씨!
이행미 씨!
주민센터 직원의 모음 자유화
인간적 발음에
픽 웃었던 적이 있었다.

그 얼마 지나지 않아
별로 오래 지나지 않아
나의 입에서도 거침없는
모음 자유가 단행되기 시작했다.

입술에 근육을 내려놓아야 할 시간은
어깨에 각도를 내려야 할 시간을 알린다
입술의 모음 자유화
먼저 퇴정을 알린다
행미 씨, 갱미 씨, 맹자 씨가 시작되면
조용히 인간적인 너무도 인간적인
인간으로 내려가야 할 때이다

새 구두의 위로

또각또각 샤랄라
새 구두가 말을 건다

똑똑똑 쿵짝 쿵짝
새 구두의 경쾌한 응원 소리

조금 불편하지만
온몸의 감각을 두들겨 깨우는
새 구두

자려다 슬쩍 일어나
새 구두와 팔짱을 끼고 거닌다
내일의 또 다른 반전의 신데렐라를 꿈꾼다

지인

애매한 느낌
잊고 살자니 아쉽고
이어가자니 서운하고

서운함이
신장의 돌처럼 쌓일 때
그 사람에게 안부 톡을 먼저 보내고
답장 오면 씹어주고

혹시나 그에게 답장 톡이 오면
하고 싶은 말 꾹 참고
짧게 인사만!

그렇게 그렇게
지인(지랄 맞은 인연)이 되어가는 인연

그리움

은행나무에 노랑 잎이
단풍나무에 빨강 잎이
까치밥으로 남은 감 하나
달랑달랑
말할까 말까
편지라도 쓸까 말까

단감 하나
간밤에 된서리 맞고
그리움처럼 거꾸로 매달려
추의 중심처럼 달랑달랑
그리움은 중심이 되어
아슬아슬 겨울을 견디게 하겠지.

영원한 직진

그대, 영원히 직진만 가능하시길
직진하는 용감한 행렬 앞에서
눈치 보고 또 눈치 보다
무색한 깜박이만 깜박깜박

좌회전, 우회전 유턴을 기다리는 깜박이들은
어둠을 밝히는 반딧불이었다가
다음 세상에서는 세상을 밝히는 별이 되소서!

직진하는 저 용감한 기사들은
횡단하는 그 직진 길 앞에
곧이어 8차선이 열리고
16차선이 열리고
32차선이 열리고
32차선이 곱으로 뚫려서
그대, 영원히 직진만 가능하소서!
그대 가는 그 길은
우회전도, 좌회전도 없이

영원히 직진만 열리소서!

돌아올 길이 없는 직진만 가능하소서

리커버리

실수로 전화기 복원 눌렀다
순간, 혼자가 되었다

30일이 채 지나지 않아서
만나야 할 사람의
연락처 속속 들어와 앉았다

만나야 할 사람
어떻게든 만나고
터치 한 번으로 끝날 사람은
어차피
헤어져야 할 인연이었다

우리

혼자 우뚝 서면 나무이고
함께 오밀조밀 모이면 산이 된다

정이품송의 절규

한순간 인간을 동경하고
한 인간을 존경한 탓에
쉬고 싶어도 어깨를 내리지 못하는 그대

이미 태곳적에 인간은 변절하여
영원할 수 없고
존경의 시간은 유행이 지난 지 오래다

죽으려 해도 죽을 수도 없는
숙명을 결박당한 당신
업적으로 둘둘 말려
운명은 천만 번이 바뀌었는데
팔에 깁스를 하고
몸의 장기는 콘크리트로 이식한 채.

천 년이 지나도록 두 팔 벌려
아직도 임금을 떠받치고
아직도 백성을 떠받치는

지치고 지친 정이품송이여

정이품으로 섬기는 일은 얼마나 어려운 일인가?
이제는 임금보다 고귀한 흙이 되어
가장 낮은 자리에서
그대를 섬기고 싶다

제2부

연약함에 대하여

급식실 가는 길 1

너희들, 서너 명 뭉쳐서 밥을 오물거리는 동안
혼자인 누군가의 머리는
하얀 밥알을 세며
가슴으로 천리만리 낭떠러지를 상상한다

너희들, 서너 명 뭉쳐서
안도의 한숨을 쉬며, 뒤적거리는
밥과 국에서 피어오르는 뿌연 식은 김은
너희를 창조한 신의 한숨이다

너희들, 볼 빨간 사춘기 들먹거리며
사악한 혀를 널름거릴 때
신은 빨간 지옥불 장작을 예비하신다

너희들이 함께 모였다는 이유만으로
안도할 때 신은 늘 거리두기의 저주를 내렸다
이제 흩어져라! 흩어져라!
뭉쳐 있는 그 이유만으로도
지옥행 논스톱 비행기 티켓이 예비되었다

급식실 가는 길 2

급식실 가는 그 위대한 길은
그 길을 함께 가는 동행인이 정해져 있다

급식실 가는 그 개선문
그 길을 함께 가기 위해
남의 마음을 염탐하고
남의 마음을 다짐하고

둘이서 넷이서 여섯이서
짝지어 가야 하는
급식실 가는 위대한 길

위대한 너희들은 그 길을 그날그날 잊겠지만
혼자서 가는 그 길, 그 급식실 가는 혼자인 누군가는
그 길을 영원히 잊지 못한다.

짝수로 급식실 가는
죄 짓는 짝수 길

홀수로 가라

혼자서 가라

주소록

주소록에서 인연들을 삭제하며

이미 스쳐 지나간 사람

편의를 제공해주었던 사람, '이! 아니라' 번호들

아웅다웅 기억을 주고받았던 사람보다

생활의 편리를 제공받았던 번호들

사연 없이 돈을 주고받았던 번호들

애인보다 소중한 내 지인들

보일러 아저씨

에어컨 아저씨

휴대폰 총각…… 그리고 짜장면 아저씨 번호

누군가의 주소록에서

삭제되어갈 내 이름, 주소, 성명

나의 헛웃음, 나의 진실, 나의 가식

또는 그의 오해

누군가에게 나는 헌신짝 버려지듯

(아니 발에 안 맞는 싸구려 새 신발처럼)

어느 날 지워지겠지

또는 누군가의 망설임 속에

턱걸이로 겨우 살아남겠지

그래서 나는 매일 턱까지 숨이 차오르나 보다

(누군가의 주소록에 턱걸이로 살아남아서)

주소록을 정리하며

그의 진심을 문득, 깨닫기도 하고

비로소, 그의 야속함을 알기도 하고

주소록을 정리하며 알았다

싸구려 새 신발처럼 불편한 인연은

턱걸이처럼 숨차 오르는 인연은

기록되기 전에 지워져야 할 사람이었음을

인간 유통기한

그대와 나의 사이에는 유통기한이 아슬아슬

우유는
7~10일 정도가 유통기한
아쉬우면 3~4일 더 지나도 괜찮다.
단 냉장고에 보관해야 가능하다.

김치는
1~2년 정도가 유통기한
묵은 향기를 즐기면 1년 정도 더 아슬아슬
단 잠시라도 방치하면 부정부패의 냄새가 잔혹해진다

그대와 나의
유통기한이 우리 사이에 유유히 흐르고 있다
냉대한 우유 썩은 냄새처럼
방치한 김치 섞은 냄새처럼

사람 사이가 역해지거나 격해지거든

우리 서로 다른 물질로 승화될 때까지 기다리자
우유가 치즈가 될 때까지
김치가 묵을 때까지

때로 현란한 벚꽃이 다 지도록 기다리자
버찌마저 애간장 녹을 때까지 거리를 두고
푸르디푸른 벚나무가 될 때까지
다른 인연의 길이 아슬아슬 열릴 때까지

그대와 나, 사이에 유효기간이 아스라이 흐르고 있다

카톡 처세술

나로 먼저 시작하여
항상 나로 끝나는.

너로 먼저 시작하여도
항상 나로 끝나는.

카톡
카톡

그래도 상관없어
너보다 내가 더 외로운가 보지.

아니지
보고도 안 본 척 1로 남겨두고
언제고 보려고 남겨둔
너는 더 외로운가 봐

보고도 안 본 척 남겨둔

외로운 너를 위해

나로 먼저 시작하여 나로 끝나도

너로 먼저 시작하여 나로 끝나도

고독한 나는 *끄*떡없어. 카톡.

활주로의 고독

몰랐지?
비행기가 높이 날기 전에
활주로를 무작정 걷는 외로움

비행기는 바퀴로 걷기도 하고
비행기는 날개로 날기도 하고

비행장이 넓은 것은
비행기가 날기 위해
활주로를 걸으며 또 걸어야 할
활주로의 고독이 필요하기 때문

비행기는
높이 날고 싶은 만큼
외롭게 외롭게 외롭게
활주로를 걸으며 날개를 스르르 펼친다

활주로의 고독을 아는 비행기

하늘길이 열릴 때까지 걸을 줄 아는 비행기

외롭게 걸을 수 있는

그 비행기는 가뿐한 새가 되어

활짝 날아오른다

외도 현장

유명인의 결혼식에서
외도 현장을 목격했다.

축의금을 내기 위해서 줄을 선
예식장 입구에서
혼주가
바삐바삐 악수를 나누고 있다

혼주는
하얀 장갑을 끼고
하얀 장갑을 끼고
하얀 철장갑을 끼고
누구와도 체온을 나누지 않는다.

그것도 모자라
하얀 철장갑을 끼고
떨리는 내 손을 잡고 있으면서
맙소사!

그의 눈은 이미

뒷 여자와 눈을 마주하고 웃고 있었다.

남이 된 형제

미운 형제 있거든
다음 세상에서는
이웃으로 만나자

아무리 좋아도
서로의 거처로 돌아가야 하는

아무리 좋아도
서로의 이삿짐 속에
베개로도 낄 수 없는

한밤중 발자국소리 소란스러워도
속연하게 잠을 청하고
생시에 인생애사 삐거덕거리는 소리 들려도
계단에서라도 만나면
스치듯이 살짝 웃고 마는
멀고도 가까운 이웃으로 만나자

새로운 고향

우리는 모두 실향민
고향을 상실한 사람들
이제 마음이 통하는 사람이 고향 사람이다
영혼의 고향

고향도 없는 불쌍한 것들아
고향을 잃은 자유한 것들아
고향이 산부인과인 것들아!

영혼의 주소가 같은 사람끼리
향수 나누는 새로운 고향

불안

쥐가 고양이의 발톱에 찍히는 것은
불안의 화려한 정문 풍경이다
즐길 것 없는 자가
환각 상태의 반복 행위를 열정이라 여기듯이

고양이는 쥐가 들어간 구멍을 졸면서 지킨다.
느긋하고 태연하게
방금 숨은 쥐가 불안을 못 참아
힐끗힐끗
금세 내다보고 들어가고
다시 내다보고 들어가고
빠끔 둘러보고 들어가고
쥐는 자신도 모르게 불안에 집착하고
불안에 심취한다

고양이는 느긋하게
모르는 척
바닥에 밀착하여 엎드려 단잠을 즐긴다

꼬리 살살 흔들면서
콧노래 부르며 느긋하게 지켜본다

고양이는 간식 타임
쥐는 생사의 기로
이 불공평한 운명을 역전시킬 비결은 딱 한 가지!
약자가 자기의 동굴에서 춤을 추며 기다리는 것

약자는 강자의 시간이 흘러가기까지
꼭 춤을 추며 기다려야 해!
허리에 양손 올려, 배꼽 흔들흔들 탱고
벽 잡고 랄라리, 블루스
검지를 꼿꼿하게 하늘 끝까지, 디스코

신의 실수

돈보기 이식한 눈을 부라리며
그을린 심지에 불을 붙이는 나이

중년 고양이는
하품을 하며
안락한 누울 자리 찾는데
돈보기 이식하고
눈을 부라리며 사냥을 나서는
불혹의 인간

가늘게 가늘게

소나무는
자신의 몸을 타고 오른 나팔꽃이
아침 일찍부터 나팔을 불어대도
그 인연을 바로 끊어내지 않는다

나팔꽃이 꽃을 피우고
가늘게 가늘게 말라 비틀어져서
스스로 멀어지는 때를 기다린다

무서운 자신감

세상은 무시무시하다

나는 장미를 가시에 찔리지 않고 안을 수 있다
나는 하얀 손에서 붉은 피를 뚝뚝 흘리며 칼날을 쥘 수
있다

나는 엿 같은 사람을 호박엿으로 대할 수 있고
나는 칼 같은 사람을 도끼로 맞설 수 있고
나는 욕 같은 사람을 쌍욕으로 대할 수 있고

그것도 모자라면
나는 신의 이름으로
목이 터지도록 신을 불러 앉혀놓고
내가 원하는 바를 기도라는 이름으로
이룬다.

나에게 허벅지를 움켜잡힌 신

그 신을 대등시켜

그 신의 이름으로 저주하고

그 신의 이름으로 갈망하고

바쁜 그 신은 환장한 나의 환도뼈를 치면서도

불쌍히 여겨 기도를 들어준다

세상이 무섭다

이런 내가 이 세상에서 제일 무섭다

현대판 귀족

울타리를 넘어선 탱자나무는
손가락에서 피를 철철 흘리면서도
부러뜨려 울타리를 지키게 길들여
제자리 지키게 하고.
경계가 살벌해야 아름다워라

뒷문을 살짝이라도 건드리는
대나무는 뿌리째 뽑아서
뒤안길에 정렬시켜서
대나무의 자리를 지키게 하고.
질서가 요란해야 고귀하여라

날카로운 탱자나무 울타리 너머의 사람이여
대나무 정원에서 들려오는 스산함을 사랑하는 사람이여
고귀하여라

마라톤의 추억

마라톤, 10킬로미터 뛰면서
그 이전의 통증을 잊었다

마라톤, 21.195킬로미터 뛰면서
그 이전의 고통을 잊었다

마라톤, 41.195킬로미터 뛰면서
그 이전의 고통은 추억이 되었다.

알았다.
알았다.
어떤 길에 있든
달리는 그 순간은 고통스럽다는 것을
그 어떤 고통도 그 순간이 지나면
잔칫집에서 먹다 남긴 음식의 여운처럼
기억된다는 것을

조기 치매

어제도 열심히 일했고
지금도 머리로, 입으로 먹고 있으면서
계속 폭식을 갈구한다
어디론가 계속 가야 한다고
보따리를 싸고 있다

이미 누군가가 해놓은 일을
자기가 했다고 말하고
자신만이 할 수 있는 일이라고
반복해서 말하는 조기 치매로 환장한 사람들

대나무

대나무는
온몸 마디마디 생장점을 선택하며
강한 육체를 포기했다

대나무는
한평생 텅 빈 육신으로
혈액도 진액도 수액도 포기했다
오직 하얗고 얇은 혓바닥 하나를 선택한 대가로
귀족처럼 고고하다
하얀 혀는 웃어도, 휘리리 울어도 휘리리
잡다한 인생애사에 휘말리지 않는다

비록 잡풀의 족보에 대나무라고 적혔지만
큰 나무로 노래한다. 대나무

평등에 대하여

그가 나만을 기다리지 않아서 안심이다
그가 나만을 기다리지 않아서 다행이다
그가 유독 내가 누르는 버튼에 귀를 쫑긋 세우지 않아서
정말 다행이다.

그가, 그 사람이 몸을 뒤틀면서
열고 닫히는 양쪽의 문짝들을
부러운 마음으로
곁눈질로 힐끔거리며
하필이면 내 뒤에 줄을 선
운명을 원망하지 않아서 다행이다.

그가 변비인 내 문 앞에 줄을 선 것을
운명의 장난이라고 여기며
온몸을 뒤틀며 나를 원망하지 않아서 다행이다.

문 뒤에서, 땀을 흘리며
용을 쓰며

최선을 다하는 것도 모르고
엉덩이에 한껏 힘을 주고, 사지를 뒤틀며
원망하는 이가 없어서 다행이다.

한 줄로 서 있다가
차례차례 입장하는 가장 공평한 의식
먼저 열리는 문을 향해서
누구든 차례차례 기회를 갖는
21세기에 등장한 가장 완벽한 개념법
문이 열리면 다음 기회는 바로 나!

가을날의 지각

천천히 간다고 체념하면
꽃이 보인다
가을 꽃이 보인다
가을 꽃은 크고 거대하다
은행나무 한 그루 노랑 우주가 된다

천천히 간들
지각밖에 더할까
천천히 가면
교문 밖, 노랑 은행나무 앞에서
노랑 우주를 품에 안는다

성장통

민들레 홀씨가
먼 길을 날아가는 것은
발정이 아니라
아픔입니다.

고양이가
암수를 찾아 울부짖는 것은
발정이 아니라
아픔입니다.

발정은 하나의 씨가 세상으로 퍼지려는
아린 노래

메주와 공주

메주에 검고 하얗게 곰팡이가 다가와
인연으로 맺어졌다. 어쩔 수 없이,

제비가 돌아오는 봄날
메주는 짜디짠 마음으로
곰팡이와의 인연을 싹싹 쓸어내고
장독으로 달아났다

예쁜 노랑 된장과
인연을 맺은 메주
노랑노랑한 된장 위에
살짝 팔짱 끼고 앉은 또 다른 곰팡이

아, 인연
짜디짜게 끊어내는 것이 아니라,
살살 거두어내는 거둠이로구나
거두어내고
거두어내고

때로 거두고

곰팡이를 옆으로 살짝 밀어두고
깊숙이 장을 퍼내는
곰팡이 같은 인연이
실은, 자신의 마음을 깊이 퍼내게 하는 관계

구닥다리 냉장고

늘 벽에 바짝 붙어서서
늘 벽 깊숙이 몰린 채로
식구들이 먹을 식량을 칸칸이
자근자근 재겨서 보관하고
말리고
얼리고
예정된 수명을 늘리고 또 늘려서
저장하신 마님.

21년간 우리 집의 냉정한 창고 안에서
단 한 번도 나오지 못했던 마님.

첫아이 가져서 입덧이 심한
그날 오셔서, 말라 터진 입술에 시원한 냉수를
적셔주시며 이마를 짚어주신 차가운 마님
차갑게 먹이셨던 뜨거운 가슴의 마님.

어젯밤 지친 심장을 어렵게 어렵게 두둥두둥 숨을 쉬기

위해

　안간힘을 쓰더니

　결국 더더더덩 안녕!

　더 차가운 새 주인에게, 드디어 뜨겁게 내어주고

　마지막 장의차를 기다리는 마님

　전봇대에 기대어 겨우 서 있는 마님의 초라한 모습.

　아, 그때서야

　우리 마님은 두 아이를 뜨거운 입맛으로 기르고

　푸릇푸릇한 푸성귀들을 사파이어인 듯 품에 안고

　한쪽 다리마저 망가진 채로 서 있었다는 것을 알았네

　마님, 잘 가세요. 냉정하고 뜨거웠던 우리들의 마님.

전문가

밥을 잘해서 밥장사하는 순희 씨
잘하기만 잘했지. 꾸물거리는 손놀림
저 꾸물거림으로 30년이나 남의 밥상을 차렸을까.

비가 오나 눈이 오나
소가 오나 개가 오나
달이 뜨나 별이 뜨나
남의 밥을 차리기 위해서
새벽부터 종일토록
꾸무럭거리는 순희 씨

한 끼 밥을 멋들어지게 차리는 자는
서두르고 거창하지만
30년 동안 남의 밥상을 차리는
꾸무럭거리는 순희 씨의
진양조 타령

비가 와도 변하지 않는 밥맛

눈이 와도 변하지 않는 국맛
소가 와도 변하지 않는 입맛
개가 와도 변하지 않는 눈맛
느림보, 순희 씨.
서두르지 않고, 늘 별거 아닌 듯
남의 밥을 차리는 밥장사

졸면서도 그 일을 하고
즐거울 때, 힘들 때도
꾸무럭거리며
자기 일을 하는 사람, 전문가

열정은 끝나지 않았다
— 고리 원자력 발전 1호기를 생각하며

젊은 날의 가슴을 뜨겁게 뜨겁게 지핀 불덩어리
이미 꺼진 듯하지만 꺼지지 않는
영원히 꺼지지 않을
열폭을 참으며 방치된 열정

나에게 다가오지 마라.
이제 울어도 소용없다.
발을 굴러도 소용없다.
나는 열정 덩어리
당신 앞에서 사라지지도 꺼지지도 않고
천만 년을, 천억 년을 꺼진 불덩어리로
살아도 살고 죽어도 살 것이다.
꼭! 네 곁에 살 것이다.

나를 감히 버리려고 하지 마라.
내 가슴의 불을 끄려고도 하지 마라.
낮밤을 살라 먹고, 신을 거역한 열정.
이제 무릎 꿇고 빌어도 소용없다.

나는 천억만 년을 꺼지지 않을 화끈한 열정 덩어리

제각각

땡초 속에도 벌레가 사는구나
땡초 속에 사는 벌레는 뭘 먹고 살까
매운 땡초 속에도 벌레는 산다

Korea 외로움

얼마나 사람이 그리우면
마이크를 들고 짝발을 딛고 섰다

얼마나 외로우면 마이크를 들었을까?
외로운 이의 마음이
무선 마이크 되어 둥둥 떠다닌다

어마어마한 외로움이,
처절한 외로움이 무대를 가득 채운다

인간의 처절한 외로움이 염색체에 각인되어
Korea 아기는 태어나자마자
마이크를 잡는다

제3부

소박함에 대하여

아름다운 숙명

진짜 농부는 밭에서 일하다
비가 내려도
비를 피하려 안절부절하지 않는다
젖은 듯 마르고
마른 듯 다시 젖어 사는 삶
들에서 비에 젖는 것을
삶이라 여기는
숙명이라 여기는 농부
비에 젖다가 바람에 마르다가
다시 젖는 삶
비에 젖어도 부르르 털고 태연하게
씨를 뿌리며
가사 없이 흥얼거리는 삶

진짜는 삶이라는 밭에 내리는
비, 바람을 피하지 않는 사람이다

한의사 서!인석, 허물을 벗다
— 작고한 서인석 한의사를 추모하며

이쪽으로 뒹굴, 저쪽으로 뒹굴
유독 할머니 환자들이 많은 침방에서
하얀 매미, 한의사도 이쪽으로 저쪽으로
너훌너훌

이 사람의 아픔에도 웃음
저 사람의 통증에도 웃음
미묘한 슬픈 웃음
그 웃음이 환자의 낙마한 시간을 다독였을까
서!인석,

환자가 매기는 탕약 값
키 작은 한의사는
환자의 형편에 맞추어
늘 보약을 처방했던.

한의사 서!인석
자신을 늘 서! 인석!아! 라고 소개하고, 웃었다

63년의 세월을 선퇴만 남기고

어디론가 매미 되어 급하게 퇴진하려는

자신을 붙잡는 스스로의 목소리였을까? 서!인석!

하얀 가운 입은 육신을 벗고 또 벗고

마지막 키높이 구두까지 살짝 벗어버리고

하얀 나비가 하얀 매미가

하얀 잠자리가 되어서 그의 영혼

높이 날아간다.

거기 서! 인석! 너무 이르잖아!

부부의 슬픈 역사

그 남자가
호랑이를 잡아 오던 그 남자가
이제는 오이 몇 마리를 잡아다 놓고
으스댄다.

그 남자가
가끔 작은 섬을 정복하던 그 남자가
이제는 토마토 몇 알을 체포해다 놓고
얼마나 급했으면
익지도 않은 푸르딩딩한 토마토를 쪄다 놓고
정복한 섬의 향수를 날린다.

그 남자가 정복한
숨도 떨어지지 않는 오이를 토막 내고
화장도 덜 끝낸 토마토의 붉은 혀를 쳐서
장아찌를 급하게 담근다.

그 남자의 향기를 담근다

내 남자가 정복했던 그 남자의 가장 멋진 섬이었던 여자

아직도 뜨거운 여자의 피와 한숨을 토막 내

장아찌를 담근다.

잡것들의 변명

걱정하지 마세요!
저는 서얼입니다.
그래서 식탁 *끄트머리*에 살짝 걸터앉아서
국물에 밥 한 숟갈 적셔서 얻어먹는 듯 마는 듯
또 씹고 곱씹는 밥이 달콤합니다

바보라고 착각하지도 마세요
그때 그 자리, 그 당시 반짝이는 그분의 손을
잡지 못한 이유를 한동안 알지 못했습니다
그저 불안했습니다
그 달콤한 손을 뿌리치고 벌판을 홀로 걸으니
비로소 콧노래가 나왔습니다.
잡것들에게 안정은 불안입니다
그제서야 알았습니다

담이 없는 집에서
덜덜 떨리는 예민한 가위질의 느낌이
이 세상의 첫 느낌이었습니다.

걱정하지 마세요!

그래서 당신의 손을 잡았습니다.

중심에 앉아 있으면서 끄트머리를 바라보며 불안해하는 당신

이제 눈치 보며 먹는 밥이 편안합니다.

무대 뒤에 서서 무대에서 펼쳐지는 웃음과 실수를 보는 것이 즐겁습니다

나는 적자와 서자가 곡진하게 화해하는 것을

원하지 않습니다.

걱정하지 마세요.

저는 위태로울 때, 가장 안정적입니다

실은, 세상은 불안한 잡것들이 만들어가는

넓고 안락한 곳입니다.

불친절한 이정표

가야 할 길을
타인에게 묻다가 길을 잃는다

길에서 길을 묻다가 길을 잃는다

해가 떠 오는 쪽이 동쪽
달이 떠 오는 쪽이 서쪽
구름이 머무는 곳은 항상 그 어디인가

영혼이 서성이는 곳이 서울
강물과 바닷물이 부산스러운 부산

가다 보면 보이는 이정표
마음의 이정표

조금 빨리 가려고
길에서 서성이는 어떤 이에게
길을 묻는다

가다 보면 이정표가 있을 것이라는
무심한 어떤 음성
평생 가야 할 인생길을 길에게 들었다
살아왔던 과거의 그 길이
앞으로 가야 할 이정표!

인간판촉

거리거리에 판촉전이 거룩하다
휴대폰 판촉
학습지 판촉
우유 판촉
신문 판촉

유혹적인 말들로 판이 촉촉이 젖은 판촉전

인간 판촉전이 우세
이 교회 저 교회에서
쏟아져나온
집사님네 권사님네
좋은 몫 차지하려고
일용할 양식 구하는 우유 판촉 아줌마를 내몬다.

신의 이름으로 판촉전을 벌여보지만
뒤통수에 꽂히는 축복 기도 소리
너나 천국 가라

나는 여기가 천국이여!

우유 판촉 아줌마의 거룩한 축복 기도 소리

천사들의 방

지상에서 유일하게 꿈도 꾸지 않고,
지상인데 자랑도 하지 않고,
지상인데 시기도 하지 않고,

시기, 질투, 모함이 끝난
지상의 맨 끝방

아직도 영원히 살 것처럼 지상낙원을 헤매는
그 누군가를 기다리는 병든 천사들,
날개 없는 천사들이
그곳에 있다.

낮인데도 죽은 듯 잠을 자고,
밤인데도 일어날 듯 잠을 자고
병든 천사들.

원래 죄악이었던 열정
원래 질병이었던 열정

원래 원죄이었던 불안
이것을 모두 상실한 천사들

이제 지상의 것을 꿈꾸지 않아도 되고
이제 더이상 그리워하지 않아도 되는
날개 없는 지상, 끝방에 누운 천사들

부러워 마라
당신의 마지막 거처이니!

말 꽃

말을 팔아 먹고 살다니
돌아가신 할머니가 살아 오실 일이다
동네에서 마님이었던 할머니는
온 동네 새참을 얻어 드시며
꼭 덕담을 푸짐하게 하셨다.

"오이무침이 새콤달콤 맛있소!"
"갈치조림이 매콤하니 맛있소!"
"깍두기가 적당히 익어서 차암 맛있소!"
"나박김치가 시원허니 맛있소!"
"미나리나물이 향긋하니 맛있소!"

하다못해, 찬 없는 아낙네가 차린 밥상에
"밥이 고슬하니 맛있소!"

말을 배우던 나는
인간은 누구나 덕담을 해야 하는 줄 알고
할머니처럼 아낙들에게 덕담을 했다.

세 살짜리에게 덕담을 들은 아낙들은 박장대소하며 반겼다.

들판에서 말 잘하는 '야발네'가 된 나.

주둥이로 밥을 얻어먹더니, 지금은 말을 팔아 먹고 산다.

마이크를 잡고 눈물, 콧물, 똥, 그리고 열 개……

잡것들일수록 잘 팔린다. 들판의 잡풀을 생각하면서

할머니의 정성을 생각하면서 말하면,

그 말들은 모두 꽃이 되어 팔렸다.

과메기의 노래

지푸라기 딱 한 개를 붙잡고
육지에서의 2막 인생을 꿈꾸는 과메기
구룡포 겨울바람에
얼었다 녹았다 얼었다 녹았다
귀하디 귀해진 몸값

살을 에는 추위에 꽁꽁 언 몸
저녁나절, 잠시 스쳐가듯 지는 햇살의 유혹에
긴장을 풀고, 축 늘어져
지푸라기를 사정없이 놔버리고 바닥에 누워
굶주린 고양이에게 목덜미를 물려가는 황홀한 상상

버티고 견디는 생을 마감하는 황홀한 상상도 잠시!
매서운 바람이 때리는 뺨따구 세례에
바람결에 장단 맞춰, 온몸의 근육을 긴장시킨다
긴장과 이완, 차암 시원하다
바람과 추위로 멋들어진 황금빛 과메기
무지갯빛 찬란한 밥상에서 빛나는 과메기

양궁 석권

삼천 번을 허공에
헛화살을 쏘고
삼천 번을 자신을 위해서 울고
삼천 번을 경쟁자를 위해 울고 나서야
스스로 화살촉이 된다.

마침내! 자신의 심장을 뚫어서
바람의 눈을 정통하는
재주여!
단 한 번의 우연도 없는 필연적 적중,
화살의 섭리여!
우연 없는 반복의 명중
백발백중

일기오보

틀리는 줄 알면서
일기오보라 하지 않고 일기예보라 한다
일기예보는 특파원이 말해도 오보다
특파가 아니라 대파가 낫겠네
벗기고 보면 매워서 눈물이라도 나지.

일기는
온종일 해 뜨는 날 없고
온종일 비 오는 날 없고
온종일 구름 낀 날 없고
아무리 혹독한 날도
온종일 바람이 불었던 날도 없었다

일기는
새벽에 전라도 나주 가는 길에 느개를
지옥과 같은 느개를
예보할 줄 모른다
지시등도, 길도 보이지 않는

안갯길을 더듬더듬 가본 사람만이
그날의 일기를 안다

일기예보가 잘 맞질 않는 건
신이 예술가이시기 때문이다
예민하지만 순수한 예술가

일기예보가 대부분 오보인 것은
예술가이신 신이 살아 있다는 일상의 증거

종현에게

"누난 너무 예뻐"
이 땅의 모든 누나
누나의 그 누나
그리고 언니, 오빠마저도
설레게 했던
종현!

정작 너는 혼자였구나
종현에게는 팬들의 거창한 사랑보다도
시시한 위로가 필요했구나
"종현 너무 예뻐!"

양귀비꽃, 당신

— 얼굴은 예쁘지만, 마음은 소박한 강화도의 이덕자를
  그리워하며

내 마음속에는 마약 같은 사람이 있습니다
얼굴 예쁜 여자들에 대한 오해를 풀어주는 당신
얼굴은 양귀비꽃이지만 마음은 들꽃 같은 당신
아니, 풀밭 같은 당신
잡초와도 노래하고, 들꽃과도 합창하는 당신이 있어
이름은 없지만, 의미 있는 들꽃으로 피었습니다

손수건의 역사

초등학교 입학식 때
콧물을 닦으라고 이름표와 함께
심장에 달아주던 손수건
나 혼자 살짝살짝 눈물을 닦았다

내 가슴의 이름표 아래에는
손수건이 춤을 춘다

1학년 입학식 때 눈물을 닦던 손수건
눈물과 콧물을 공식적으로 닦을 손수건이 사라지자
눈물은 가슴에 고였다
가슴에 고인 눈물은 불안으로 바뀌었다

손수건을 잃어버린
불안한 사람들
역사를 거슬러,
내 이름 수놓은 손수건을 가슴에 달고
1학년 아이처럼 울어본다면
너의 불안은 슬픈 노래가 되어 사라질지도.

자만

신이시여!
지는 꽃을 보고
(   )웃지 않게 하소서.비.

신이시여!
머금은 작은 꽃몽오리를 보고
(   )웃지 않게 하소서.픽.

신이시여!
활짝 핀 꽃을 보고
(   )웃지 않게 하소서.헛.

집의 비극

집이 없으면 좋겠다
집이 없으면 돌아갈 곳도 없겠지
집이 없으면 세금도 내지 않겠지
집이 없으면 가정도 필요 없겠지

집이 없으면
돌아오지 않아도 된다.
세상을 돌고 돌다가
돌아이가 되겠지
돌아다니는 아이
집이 없으면
영원히 어른이 되지 않고
아이로 돌아다닐 것을

세상의 비극은 집에서 시작되었다
돌아오지 않아도 되니 얼마가 가뿐한가
구름이 되겠지
구름이 되면

비도 되겠지

떠돌이, 바람 되다가 구름 되다가 비 되다가

거대한 사막에서 빛나는 모래가 한 줌이 되겠지

사추기

내 마음은
태양이 이글거리는 땡볕 아래
장작불이 활활거리는
가마솥에서
콩콩콩 볶아지는 콩

활활거리는 가마솥에서
요리저리 퉁퉁 튀어오르는
어디로 튀어나갈지
아무도 모르는 콩

가마솥에 뛰어든 콩은
어디로 튈지 모른다

사춘기 꼬맹아, 까불지 마라
옹졸한 사추기가 뛴다

하나님은 낭만주의

하나님은 비 내리다 바람 부는 날을 좋아하고
하나님은 눈 내리다 끙끙대는 날을 좋아하고
하나님은 흐리다가 말짱해진 날을 축복하고

하나님은 비관적 낭만주의
하나님은 분노의 낭만주의
하나님은 역동적 낭만주의

우겨졌다고 구겨졌다고 울지 마
무너졌다고 울지 마
하나님은 원래 우리를 우겨지고, 구겨지고
울고불도록 만들었어.

울고, 불고, 분노하는 낭만적인 하나님

세상에서 제일 큰 지도

철드는 사람은 없다고 생각했다,
이모를 보며,
이모는 스물두 살,
이모는 그 나이에 큰 지도를 그렸다, 이불에.
세 살배기 조카의 이불까지 점령하여
태평양이 없는 세계지도를 새롭게 그렸다.

세 살배기인
내 엉덩이를 살짝 때찌 하시던 외할머니.
나는 윗옷이 여수 앞바다에 살짝 스치고
이모는 바지가 황해에 흥건하게 잠겼다.

스물두 살이 되어도 밤이면
엉덩이로
불안의 바다를 건너가는 이모
내가 본 제일 젊고 예쁜 어른
온 세상을 웃게 하는 이모가
밤이면 세상의 모든 섬을 불안으로 통일시킨다.

가식적인 너무나 가식적인 기도

예비 번호 받고
기다림은 더 간절해진다.

간절한 합격 통지의 바람은 기도가 된다
천사가 된다.

내 딸 앞, 예비 번호들은 내 자식보다
더 좋은 세상의 주인공이 되게 해주소서
내 자식 앞의 그 누군가의 소중한 자식들은
모두 더 나은 곳에 합격하는 주인공이 되게 하소서

이삭

고개 숙이고 있으니
당신의 밥으로 보이는가?

한여름 땡볕에서
벌써 새벽 찬 이슬 내리는 가을밤에도
광야에서 고개 숙이고 무릎까지 꿇고 있으니
당신의 밥으로 보이는가?

신의 거룩한 시험을 받아
훨훨 타오르는 장작불 앞으로
자식과 나란히 행진하다
당신의 번제물이 되었다

당신 앞에 고개 숙인 그 사람은
잘 여문 이삭,
잘 단련된 이삭
땡볕 아래 고개 숙인 이삭.
그 사람은 신에게 동정받고 인정받은 이삭

고개 숙인 당신의 밥도 아니고 떡도 아니고
잘 여문 이삭

고개 숙인 이삭처럼
겸손은 도정하면 곧 고귀한 밥상에 오를
한 그릇의 밥

철옹성에 핀 꽃

모르는 사람과 눈이 마주칠 때
살짝 웃는 일은
상대방 가슴에 한 송이 꽃을 피우는
거창한 역사의 시작이다

타인은 철옹성
내부의 적들에게 처절하게 패배당한 외로운 성
타인을 향한 미소 한 자락
철옹성에 꽃을 피운다

갱년기는 갱신년

다시는 눈을 뜨지 못할 것 같은 낮잠
꿈속에서 식은 강을 건너고 또 건넌다
겨우 기상한다 해도 다시 뜨거운 오후를
맞이할 수 없을 것 같은 낮잠

꺾인 길에서 저편도 보이고 이편도 보이는 갱신년
어느 갱신년의 낮잠

오늘의 햇살이 미시시피강을 건너기 전에
일어나야, 갱신한다
오후를 갱신한다
오후를 갱신해야 제2막 인생도 갱신한다

참사랑

내 딸은
두 가지 맛의 빵을 두 개 사서, 한 입 한 입 먹잔다.
나는 각자 먹고 싶은 빵, 따로따로 먹자고 한다.

해보지 않은 나 한 입, 너 한 입
어색하다
손으로 떼어 먹으려 하니
딸은 빵을 요리조리 흔들며, 다정하게 베어 먹자고 한다.

살짝 먹는 척만 한다.
양치를 다섯 번 이상 하는 나.
사랑받지 못한 불안한 나.
누구에게나 어색한 나.
어디에서나 어색한 나.

멀리 제천 가는
버스 타러 가는 딸에게
내 칫솔을 내민다

늘 입속이 뒤틀린

엄마의 칫솔을

냉큼 받아들고 화장실로 종종종

누구하고도 속살거리는 것들을 나누어본 적이 없는.

엄마가. 내가. 어색어색.

딸이 치약 냄새 풍기며 손을 흔들며

제천 가는 막차로 사뿐사뿐.

이해받은 사람의 뒷모습은 빛난다

사랑받은 사람의 뒷모습은 가볍다

어디에서나 나 한 입! 너 한 입!

사랑, 당신의 정신병력

나는 남성의 맑은 음성보다는
잠에서 막 깨어난 듯한 걸걸한 음성을 좋아한다.

나는 남성의 또렷하고 맑은 눈보다는
약간 처진 듯한, 뭔가 억울한 듯한 부성부성한 눈을 좋
아한다
일찍이 부성을 잃어버린 여자의 정신병력

당신이 사랑이라고 믿는 것은
일찍이 잃어버린 것에 대한 갈구
사랑이라고 믿는 것은
섭섭하고 아쉽고 서운한 기억을 찾고 싶어 하는
정신병력의 기록

고전 우주

내가 우주이고
그대가 우주이니

지구는 45억 년의 시간을 한순간으로 기억하고
인간은 한평생을 한순간으로 기억하고

지구도 큰 돌멩이의 조각이고
인간도 우주의 먼지에서 시작되었으니

그대의 병과 아픔이
대우주의 아픔이기도 하고
솜털 같은 간지럼이기도 하여라

말자씨에게

진달래꽃이 소쩍소쩍 노래하고
활짝 귀를 틔운 산길
울긋불긋 비싼 아웃도어 차림의
여자들의 팔자 좋은 웃음소리

그 진달래들의 새봄 웃음소리 속에서
말자 씨를 어렴풋이 알아봤다.
반가워하며 말자 씨! 하고
십 년어치의 세월만큼 반갑게 인사했다.
마당 넓은 집에서 세를 살았던 우리
공동 화장실을 사용했던 우리
한 지붕 열 가족이었던 우리

그런 말자 씨가
이름 바꾸었다고
이제 김태희라고 말하며
그녀처럼 웃으며 간다.

늦가을의 반성

14층 창밖, 하늘길로 난 산길에
12월 초에 핀 꽃, 겨울꽃
붉은 꽃들이 뒷산 가득 피었구나

나는 저 눈에 보이는 꽃을 주우러 가지 못하고
끝끝내 가지 못하고
눈에 보이지 않는 누런 돈을 주우러 가겠지

봄날의 청춘

하얀 할머니가
봄볕을 쪼이며 앉아 있다
벚꽃이 하늘하늘 내리는 대문 앞에서
하얗게 앉은 할머니는 꽃처럼 아려서 아리땁다
하얀 할머니 앞에 하얀 벚꽃 무덤이 아리땁다

자연의 속삭임

밭은 종일 수런수런하다.
아침부터 종달새가 이슬을 털며
중얼중얼
포도밭에서 풋열매를 따 먹다 들킨
눈도 못 뜬 어린 애벌레 징징대는 소리

부산스럽다. 자연스럽다.

게으름뱅이 농부가 밭을 매지 않은 밭
부산스럽다. 들국화 닮은 풀이
들국화인 척 머리 치켜들고 일어나서
국화춤을 춘다.

자연스럽다.
자연스럽다.
성스럽다

여호와가 된 카메라

주님

이제 전봇대에서 깜빡깜박 눈을 부라리는

저분이 이 세상의 신입니다.

저 신 앞에서는

누구라도 죄악으로 뛰는 심장을 스스로 세웁니다.

새들은 비웃으며 똥세례를 퍼붓는 저 거룩한 신

저 신 앞에

모든 운전사들이 스스로 경배합니다.

줄 맞추어 경배합니다. 나란히나란히

주님

이제 저 거룩한 신이 당신의 자리를 대신했습니다.

그 신은 언제든지 어디서든

반드시 악행만을 보고 그 증거를 십계명에 새깁니다.

심판도 즉각적입니다.

대리 심판이나 유보 판결은 없습니다.

주님
저 거룩한 신이 당신의 자리를 대신했습니다.
때로 물 밑에 들어와서
때로 오장육보를 휘집어 운명을 바꾸고
때로 화장실에도 잠입하여
약한 자를 지켜보고,
관음증을 앓고 있는 불안한 장애인들에게
은밀하게 공개하고

저 신은 강력반 형사보다도
더 빨리 나쁜 놈을 체포하고
체포된 나쁜 놈이 거짓말을 하는지
취조실에서 방귀를 몇 번이나 뀌는지를 살피며
반성의 진실성까지 판단합니다.

주님
당신의 심판은 너무 관대하셨고
너무 느렸고

너무 은유적이었습니다.

그래서 새로 등장한 저 신이

이 세상의 가장 완벽한 우상이 되었습니다.

주님

당신의 심판은 너무 관대하셨습니다.

당신의 심판은 너무 애매모호하셨습니다.

당신의 심판은 너무 지연되고 있습니다.

탐시(探詩)의 즐거움

김 남 석 | 부경대 교수, 문학평론가

1. 탐석과 탐시

수석인들은 강가나 돌밭에서 명석(名石)을 찾는 일을 탐석 (探石)이라고 부른다. 그러니까 흔히 말하는 수석(壽石) 수집 이 탐석인 셈이다. 자연스레 돌을 찾아 모으는 그들의 마음속 에는 돌 속에 담긴 경관을 발견하고 그 경관의 의미를 읽으려 는 의지가 담길 수밖에 없다.

수석에 낯선 이들을 위해 설명을 보태보면, 많은 수석인은 돌에서 산수 경관을 찾으려 한다. 영화 〈기생충〉으로 인해 유 명해진 '산수경석'이 대표적이다, 수석 중에서 한국의 산수를 읽을 수 있는 특별한 수석을 발견한다면, 우리는 그 수석에 산수경석이라는 이름을 붙일 수 있다. 물론 그러한 수석을 소 유한 사람은 세상의 일면을 간직한 기쁨을 덤으로 가질 수 있 을 것이다.

그러니 '탐석'의 '탐'은, 단순히 찾는다는 뜻을 넘어, 궁극의 진리나 심오한 가치를 확보하는 행위까지 겨냥하는 용어가 될 수 있다. 우리가 돌을 찾아 세상을 헤매는 이유는 결국 그 세상의 자취와 흔적을 간직한 돌을 발견하고 그 돌을 발견한 나의 마음을 함께 읽을 수 있기 때문일 것이다. 이러한 수석의 가치에 동의할 수 있다면, 탐석이라는 용어에는 세상의 모습을 이해하려는 탐사자의 욕망이 담겨 있다고 더불어 인정할 수 있을 것이다. 자연히 그러한 수석을 찾는 일은 어떤 이들에게는 그 무엇보다 중요한 일이 될 수 있다.

시(쓰기)도 궁극적으로 동일하지 않을까. 시인은 세상을 보고 그 세상의 표정을 압축할 수 있는 단어와 문장을 개발한다. 세상에 이미 있는 단어와 문장일 테지만, 시인은 마치 전례 없는 발견이라도 한 듯 자신의 시를 자랑하고 감상한다. 마치 수석인이 탐석을 통해 찾은 돌을, 세상을 닮았다며 마치 자신이 만들기라도 한 듯 전시하는 태도와 흡사하다. 시인이나 수석인이나 모두 세상을 읽을 수 있는 심미안이 필요하고, 그 심미안을 훑을 지도가 필요하며, 궁극에는 자신의 마음을 담을 그릇이 필요하기 때문일 것이다.

결국, 시인의 시 쓰기는 수석인의 탐석과 다르지 않다. 물론 시인이 쓴 시를 읽고 비평하고 감상하는 이의 마음도, 넓은 의미에서 탐석과 다르지 않다. 선선미의 시집이 돌밭이라면, 그 안에서 세상을 닮은 시를 찾는 탐사가 가능할 것이고, 그 탐사의 시선에 걸린 시를 통해 다시 세상을 읽어내려는 누군가의 마음도 더불어 포함될 것이기 때문이다. 세상의 모양을 찾아 돌을 찾고, 세상의 표정을 찾아 시를 쓰고, 그 시를 찾아 세상을 엿보기 위해서 시집을 읽는다. 그렇다면 탐석에 대응

하는 이러한 행위를 혹 탐시(探詩)라고 불러도 좋지 않을까.

2. 밥의 현상학 혹은 양식에 대한 명상

선선미의 시집 1부를 보면, 음식 특히 일용할 양식에 대한
관심이 두드러지게 나타나고 있다. 제목만 뽑아 보면, 「명작,
쿠크다스」, 「밥」, 「떡이 된 손」, 「닉네임 : 마른 반찬」, 「다이어트
의 역사」, 「최저 생계비」 등이 그러하다. 이러한 시의 배치는
그녀가 밥, 즉 양식에 관심이 많으며, 밥을 통해 삶의 한 단면
을 파악하는 데에 능숙하다는 사실을 알려준다. 실제로 그녀
의 시에는 흥미로운 전언이 보인다.

가령, "한 번도 특식 메뉴(로) 오른 적은 없었지만/만만대
대 없는 것처럼 자연스러워, 비로소 거룩하다"는 밥에 대한 찬
사나, "한 손을 잃어, 온전히 한 몸이 된 모녀"를 바라보며 '인
생의 기억'으로 빚은 떡에 대한 소개나, "닉네임을 마른 반찬
이라고 해놓고도" 정작 "가운데서 거들먹거리고 싶"거나 "가
장 중요한 사람처럼" 대우받고 싶어 하는 심경을 드러낸 대목
이 그러할 것이다. 이러한 구절 속에는 자신을 삶의 일상적 양
태인 '밥'과 '반찬' 혹은 그에 준하는 '떡' 같은 존재로 여기면
서도, 그 중요성을 다시 부각하고자 하는 시인의 마음이 소담
하게 담겨 있다. 이러한 표현 방식은 주변적이고, 국지적이고,
사소한 존재에 대한 은근한 자긍심을 담고 있다. 그러한 시인
의 마음은 다음과 같은 시에서 그 강렬한 대비를 이루고 있다.

비린내가 밀려오는 시장터, 자!갈치!
30년 동안 바람도 불고, 땡볕이 쏟아지고, 비구름도 지
나갔던
비린내에 밥을 비벼 먹고
비린내에 찌개를 끓여 먹고
비린내에 꿈을 볶아 먹고
앉아서도 먹고, 서서도 먹다가
어느 날부터인가
자신의 몸이 둥그런 공이 되어
비린내를
온몸으로 끌어안고 굴리는
자갈치 아지매

주름 사이에 배인 비릿비릿한
싱싱한 바다 향기
태평양의 새파란 파도가 물결치는 어깨

비린내를 끌어안은 그녀의 몸은
둥그런 지구가 되고
새파란 파도가 되고
성난 파도를 잠재우는 파도
운명을 끌어안은 위대한 비린내

위 시의 제목이 「위대한 자갈치 아지매」라는 점은 실을 다
읽고 나서 반드시 생각해야 할 대목이다. 이 시는 '자갈치 아
지매'라는 우리 주변의 평범한 인물의 가치를 부각했다는 점
에서, 대개의 긍정적인 시가 그러하듯 높은 점수를 받을 수도

있을 것이다. 하지만 거꾸로 세상에 이러한 시가 적지 않다는 점에서는, 반드시 그것만으로는 좋은 시가 될 수 없는 한계에 직면할 수밖에 없기도 하다.

이 시를 음미할 수 있는 시로 만드는 것은 자갈치 아지매가 풍기는 비린내 때문이며, 그 비린내가 이전의 시와는 달리 혐오를 누르는 악취의 대명사가 아니라 우리의 밥과 일용할 양식의 한 부분이라는 자연스러운 관찰과 인정 때문이다. 그러니까 이 시는 비린내를 악취로 몰아서 바다의 향기와 대비시키는 구도를 취했지만, 결과적으로 그 비린내를 최대한 악평하는 극단적인 대비로 나아가지는 않았다.

사실 비린내와 바다 향기는 뒤엉켜 있기 마련이고, 어떤 측면에서 보면 구별하기 어려울 정도로 붙어 있기도 하다. 시인은 이러한 상황을 그냥 인정했다. 아지매의 둥그런 어깨에 걸린 파도가 유달리 선명한 이미지를 직조하고는 있지만, 그렇다고 해서 아지매의 어깨 너머의 바다 때문에 비린내가 폄하되거나 바다 향기가 위대해지는 것은 아니기 때문이다.

이 시는 밥과 비린내, 찌개와 비린내라는 삶의 한 부분을 무리 없이 인정했고, 그래서 그 비린내가 누군가에게 꿈이 될 수 있고 어쩌면 향기가 될 수도 있다는 사실을 조심스럽게 피력할 수 있었다. 이러한 감각은 밥에 대한 명상 혹은 양식에 대한 관찰이 삶과 일상의 누추한 부분뿐 아니라, 그 너머에 있는 넘실거리는 운명을 포착할 수 있다는 주관적 진실에 기대고 있다. 이러한 진실을 종합하면, 시인은 밥과 찌개가 있는 현실을 즐기고 있다. 수석가가 탐석을 하듯, 그녀는 삶의 여기저기를 들쑤시면서 자신이 본 풍경(여기서는 밥의 풍경)

을 긍정하기 위해 애쓰고 있는 셈이다. 아지매가 위대할 수 있다면, 그녀의 몸에 밴 비린내가 낯설지 않다는 인정 때문일 것이다.

3. 거리와 관계 : 울타리의 미학

아무래도 선선미 시의 정체성은 다음의 시에서 찾아야 할 것 같다. 시가 길어 2연까지만 인용해보도록 하자.

새로운 길에 적응하지 못하여
자주 발을 헛딛는 사람의 피는
춤추는 꽃분홍입니다.
그 사람의 숨결에는
꽃을 품은 배롱나무의 무던한
말할 수 없이 무참한
진심이 들숨날숨거립니다.

배롱나무가
새로운 땅에 적응하여 꽃을 피우려면
세 번의 이식을 해야 합니다
서로 다른 분위기, 서로 다른 체온, 서로 다른 눈빛
서서히 적응하는 배롱나무의 붉은 진심은
영롱합니다.
　　　　　　　　　　　　—「배롱나무, 그 사람」 부분

시인은 배롱나무를 보고 있는 듯하다. 배롱나무는 분홍색 꽃을 내놓는데, 시인은 그 꽃을 '자주 발을 헛딛는 사람의 피'로 환치했다. 자주 발을 헛딛는 사람은 왜 분홍 꽃의 이미지와 색을 담보하는 것일까. 시인의 말대로 하면, 배롱나무는 땅에 적응하기 위해서 세 번 정도 이식해야 할 정도로 민감한 생명체이기 때문이다. 하지만 배롱나무가 꽃을 피웠다는 것은 이미 이식을 끝낸 후여야 하기 때문에, 분홍꽃은 더 정확하게 표현하면 '자주 발을 헛딛'다가 이제는 그러한 실수를 이겨낸 '사람의 피'가 되어야 한다.

이러한 해석이 가능하다면, 시인은 배롱나무를 발을 헛딛는 사람이었지만 무던하게 참아낸 자의 표상으로 삼았다고 해야 한다. 시인은 배롱나무를 보면서 발을 헛딛는 사람이 가야 할 길을 보고 있고, 견딤을 통해 무던한 진심을 키우고자 하는 마음을 가다듬고 있다. 그 길을 보고 갈 수 있고, 그 마음을 가다듬어 진심을 되찾을 수 있다면, 그러한 사람의 진심은 영롱할 것이라는 말도 보태고 있다.

이러한 시의 구절은 가깝게는 시인이 시를 쓰는 이유를 설명하고 있고, 멀게는 시가 나아가야 할 근원적인 목표를 제시하고 있다. 시인은 발을 헛딛는 현실에서 무던한 마음을 키울 목적으로 시를 쓰고 있는 것 같다. 그래서 시인에게 시는 붉은 진심처럼 자신의 속내를 드러낼 수 있는 꽃이 되고 있다. 그리고 이러한 꽃이 되는 시, 무던한 마음이 쏘아 올린 '춤추는 꽃분홍'의 숨결은 시가 영혼이 되어야 하는 이유를 설명한다. 우리에게 시는 현실에서 추락하는 자들이 가지고 있는 자기 다짐이자, 추락 바깥의 삶에 대한 안내일 수 있다. 시를 쓰면서 새로운 길에 더디 가는 자신을 위안할 수 있고, 어떤 경우에는 끊임없이 분위기와 체온과 시선을 옮겨 다녀야 하는 고통을 감쇄할 수 있기 때문이다.

사람들은 관계를 형성하면 '거리(distance)'를 조절하기 마련이다. 이때의 거리는 상대와의 마음의 크기에 따라 결정되고, 진심의 정도에 따라 조절된다. 꽃분홍 자태를 자아내는 배롱나무는 자연스럽게 그 거리를 꽃의 자태와 색깔로 조절할 것이다. 사람들은 꽃이 예쁘다고 다가갈 것이며, 어떤 경우에는 멀리 물러나 그 꽃의 전체적인 풍광을 눈에 넣으려고 할 수도 있다. 드물지만 약초를 얻기 위해서 손을 댈 수도 있다. 하지만 그 꽃이 이식과 추락과 무참함을 딛고 내놓은 진심이라는 사실까지는 손쉽게 확인하지 못할 것이다. 그것은 배롱나무의 마음을 접하고자 하는 사람에게만 허용되는 거리이기 때문이다.

시인은 이러한 거리를 사람들 사이에서도 느끼는 것으로 보인다. 그 흔적은 이번 시집 전체를 뒤덮고 있다. 앞에서 본 '자갈치 아지매'의 비린내도 그 거리의 흔적이다. 거리를 좁힐 수 있을 때, 시인은 아지매와 자신 사이에 있는 비린내를 찾을 수 있었다. 위의 시의 문법을 빌린다면, 자갈치 아지매의 비린내는 그 아지매가 좀처럼 '말할 수 없이 무참한 진심'이 '들숨'과 '날숨'이 되어 '들락거릴' 때 비로소 전달되는 진심이기 때문이다. 그것은 그래서 일종의 기적이라고도 할 수 있다.

4. 인간적인 지극히 인간적인

시인이 기적을 믿는다면, 거리에 대한 반감도 크다고 생각할지 모른다. 하지만 시인은 거리를 불필요하게 좁히는 행위에 대해 오히려 반감을 가지고 있다. 시인이 가진 거리감은 다음의 시에서 늠연하게 확인된다.

> 울타리를 넘어선 탱자나무는
> 손가락에서 피를 철철 흘리면서도
> 부러뜨려 울타리를 지키게 길들여
> 제자리 지키게 하고.
> 경계가 살벌해야 아름다워라
>
> 뒷문을 살짝이라도 건드리는
> 대나무는 뿌리째 뽑아서
> 뒤안길에 정렬시켜서
> 대나무의 자리를 지키게 하고.
> 질서가 요란해야 고귀하여라
>
> 날카로운 탱자나무 울타리 너머의 사람이여
> 대나무 정원에서 들려오는 스산함을 사랑하는 사람이여
> 고귀하여라
>
> ─「현대판 귀족」 전문

탱자나무가 울타리를 넘은 듯하다. 그러자 손가락에 부상입는 것을 두려워하지 않고 탱자나무(가지)를 부러뜨려 울타리로 남게 하는 힘이 작용한다. 시인은 그 힘을 "제자리 지키

게 하"는 힘이자, 살벌한 경계를 만드는 손이라고 믿는 듯하
다. 대나무 역시 예외가 아니다. 넘지 말아야 할 선을 넘은
듯, 뒷문을 건드린 대나무는 뒤안길에 정렬해야 할 운명에 처
한다. 그 자리를 지키게 하는 힘이 있고, 요란하게 질서를 가
리키는 손이 있다.

탱자나무나 대나무는 경계를 넘어서는 안 된다. 앞의 말로
하면 거리를 임의로 좁혀서는 안 되며, 자신의 자리를 지키고
경계와의 거리를 유지해야 한다. 만일 그렇지 않다면 부러질
수도 있고 뽑힐 수도 있다. 살벌한 단언이고 요란한 처분이
다.

시인은 자리를 찾기 위해서 이식을 거듭해야 하는 배롱나무
의 운명에 대해서는 슬퍼하면서도, 경계를 넘은 탱자나무와
대나무에 대해서는 가차 없이 처단하고자 한다. 그것은 어떻
게 생각하면 이해가 되지 않는 행동이다. 어쩌면 모순일 수도
있고, 불일치일 수도 있다. 그럼에도 불구하고 시인은 단호하
다. 그 이유는 울타리 너머에도 사람이 있고, 대나무 정원에
도 사람이 있기 때문이다. 그 사람이 무엇을 하는 사람인지,
경계에 대해 어떠한 생각을 가지고 있는지는 더 말하지 않지
만, 그 사람으로 인해 경계와 자리가 지켜져야 하고, 그렇게
되었을 고귀함이 생겨난다고 철석같이 믿고 있다.

경계는 무너질 수도 있고 극복될 수도 있다. 거꾸로 유지될
수도 있고 갈수록 강화될 수도 있다. 그에 따라 거리는 줄어
들 수도 있지만, 더 강력하게 고착될 수도 있다. 무언가 상대
와 자신을 나누는 선이 필요하다고 여겨질 수도 있고, 그 선
을 월경해야 할 필요가 생겨날 수도 있다. 시인에게 그만큼

경계에 대해 눈치를 보고, 그 추이를 지켜보는 일이 필요한 것 같았다. 때로는 강력한 울타리가 필요하고, 어떤 경우에는 그 경계를 넘을 힘이 요구되는지도 모른다.

시인의 내면은 복잡하고, 그 복잡함은 타자와의 거리와 경계에서 유래한다. 이러한 관찰은 시인에 대해 적지 않은 생각을 더하기 마련이다. 그녀가 시를 쓰는 것은 때로는 거리를 확인하기 위해서이고, 다른 경우에는 경계를 허물기 위해서이다. 사실 어느 한쪽으로 분명하게 정해질 때, 그 시를 쓰는 사람의 내면은 파악하기 쉽다. 그리고 그들이 쓰는 시도 분명해진다. 하지만 선선미의 시는 인간적이게도, 그것도 너무나 인간적이게도 고착화된 내면에서 유래하지 않는다. 오히려 시를 통해 유동하는 내면을 바라보고 어떤 방식으로든 그 안에 울타리를 만들려고 하지 않나 싶다. 그것은 경계를 잡지 못해, 안정된 공간과의 거리를 유지하지 못해, 흔들리는 배 안에서 어떻게든 그 배를 안정시키기 위해서 던지는 닻과 같다. 그 닻이 시인에게는 시이고, 시 쓰기이고, 시를 통해 만나는 타자와 세상일 것이다.

5. 소박한 삶에 '대하여'

선선미의 시집은 3부로 구성되는데, 각 부의 제명에는 '~에 대하여'라는 구절이 달려 있다. 그녀가 어릴 적 달았다는 손수건처럼 그 앞의 단어가 떨어지지 않도록 부여잡고 있는 인상이다. 부여잡고 있는 인상의 단어를 차례로 살펴보면, 제1부에서는 '기적'이고, 다음이 '연약함'이고 그다음이 '소박함'이었다. 왜 이러한 명패를 붙인 것일까.

엄밀히 말하면, 기적과 이후의 두 단어는 그 의미가 화통하게 상통하지는 않는다. 기적은 거대한 것을 이야기하는 것 같고, 연약함과 소박함은 사소한 것 혹은 '인간다움'에 가까운 의미로 읽히기 때문이다. 이 의문은 사실 이 글을 쓰는 지금까지도 풀리지 않는데, 해결의 시도로 사소한 일상을 다루면서도, 기적에서 소박함으로 전락한 대상을 포착한 시를 찾아보자.

> 그 남자가
> 호랑이를 잡아 오던 그 남자가
> 이제는 오이 몇 마리를 잡아다 놓고
> 으스댄다.
>
> 그 남자가
> 가끔 작은 섬을 정복하던 그 남자가
> 이제는 토마토 몇 알을 체포해다 놓고
> 얼마나 급했으면
> 익지도 않은 푸르딩딩한 토마토를 쪄다 놓고
> 정복한 섬의 향수를 날린다.
>
> ──「부부의 슬픈 역사」 부분

이 시를 여기까지 읽다가 '풋' 하고 웃고 말았다. 사실 나머지 두 연을 더 읽으면 웃음은 사라진다. 그래서 이 시는 여기까지가 그 본질인 것 같다는 생각도 든다. 내가 웃은 이유는,

내 이야기 같았기 때문이다. 조금 과장하면, 생의 한때를 넘은 모든 남자의 이야기라고나 할까. 어쩌면 기적 같은 전성기를 넘긴 모든 사람은 호랑이 대신 오이를 잡고, 섬을 정복하는 대신 그 섬에서 익지도 않은 토마토를 잡아 와야 하는지도 모른다. 나 역시 예외가 아니며, 어쩌면 시인이 남자라고 부르는 그 어떤 사람도 마찬가지일 것이다.

생의 한때는 기적 같은 시절로 기억되기 마련이다. 없는 호랑이도 잡을 수 있고, 존재하지도 않은 섬을 쳐들어가 정복할 수도 있다. 하지만 그 기적이 끝나고 연약한 시기마저 건너면, 더 이상 소박한 인생을 거부할 수 없게 된다. 본연적인 소박함이 아니라, 얼떨결에 떠안은 소박함이라고나 할까. 처음부터 그곳에 있었는데, 기적을 믿던 시기에는 무작정 거부하다가 연약함을 받아들여야 하자 급하게 소박함으로 포장하는지도 모른다. 대신 그 소박하다는 인생에서는 오이를 호랑이처럼 소중하게 잡아야 할 수도 있고 작은 섬 대신 토마토를 정복하는 일에 힘을 쏟아야 할 수도 있다.

시인이 노래한 남자나 그 기적이 무엇인지는 모르겠으나, 많은 이들이 오이를 잡고 토마토를 체포하는 일에 나서고 있는 것은 부인할 수 없는 사실이다. 넌지시 '이런 게 인생이지'라고 되뇌며, 때로는 그 말로 자신을 세뇌시키며, 지금의 자신과 삶에 의의를 부여하고 있는지도 모른다. 슬픈 역사가 되어 가는 자신과 삶을, 그렇게라도 다독여야 하는지도 모른다. 이 시는 그래서 그 연약함과 소박함을 우리가 인정하도록 해 주는 시가 아닌가 싶다. 기적은 잘 모르겠지만 말이다.

6. 탐시의 즐거움

돌을 사랑하는 사람이 아니라면, 탐석의 시간은 번거로운 시간이거나 불필요한 고행에 불과할 것이다. 무엇보다 세상에 널려 있는 돌을 두고 새로운 돌을 찾으려고 하느냐는 통박을 각오해야 할 수도 있다. 그러니 대단한 무엇이 있는지도 모르는 돌밭에서 땡볕까지 쐬어가면서 돌을 줍는 행위를 비판하기란 그리 어렵지 않을 것이다.

좋아하는 모든 것이 그러하지만, 그것을 좋아하는 이들에게는 그 일이 단순 노동이 아니며, 설령 노동이라고 할지라도 즐거움이라는 특수한 보상을 지불하는 노동이기 마련이다. 선선미에게 시는 분명 그러한 특수한 노동일 것이다. 그리고 한 가지 더 큰 보상도 비축하고 있다. 그것은 대개의 좋은 시인이 그러하듯, 시를 통해 세상을 이해하고 세상과 자신의 거리를 가늠할 수 있다는 점이다.

그녀의 시를 보면 삶의 여기저기를 뒤적거리고 그 안에서 흥미로운 대목을 찾아 수집하듯 언어로 가둔 포획물이라는 생각이 드는데, 그것은 시각과 언어로 세상을 가두려는 내면의 요구 때문일 것이다. 수석인이 돌밭에서 찾는 명석은 실상, 그 사람의 마음에 있는 풍경이다. 그 풍경은 세상의 모습을 할 때도 있고, 세상의 모습에서 벗어날 때도 있다. 그러니 수석을 찾는 이들은 어떤 것이 세상의 모습과 나의 모습이 일치하는 돌이고, 어떤 것이 세상과 나의 생각이 어긋나는 지점인지를 확인해야 한다. 선선미도 시를 통해 세상과의 거리를 조정하고 화해와 불화의 쌍곡선을 그리고 있는지도 모른다.

시는 본래 가장 내면의 언어에 접근하는 형식이었다. 길면 길어서 좋고 길지 않으면 길지 않아서 좋다. 친절하면 이야기를 얻을 수 있으니 좋고 불친절하면 암호를 생성할 수 있어서 좋다. 다른 사람과의 관계를 담을 수도 있고, 불편한 관계를 청산하고 자신 안으로 들어갈 수도 있다.

내가 본 선선미의 시는 그 도중에 있다. 길다고 할 수도 없고 짧다고 할 수 없으며, 친절한 것만도 아니고 그렇다고 불편하다고만도 할 수 없다. 풍성한 사연을 그냥 담아낸 경우도 있고, 불편한 채로 암호로 남은 경우도 있다. 하지만 그 모든 행위를 마음의 풍경을 담고 그 풍경을 문면에 새기는 일로 간주한다면 의미가 없지는 않을 것이다. 특히 함께 읽어본 시들 중에서 세상과 거리를 측정하는 시각은 시인 특유의 조심성과 혼종을 담고 있어 매력적으로 보인다. 어느 한쪽으로 기울지 않는 것이 개성이라면, 조금 더 그 길을 가보라고 하고 싶다.

그때마다 자신의 시를 한번 멀찍이 놓고 이리저리 뜯어보라고도 말해주고 싶다. 수석인은 탐석한 돌을 수반에 놓고 오랫동안 돌려본다. 세워도 보고 엎어도 보고 가려도 보고 펼쳐도 본다. 그때마다 세상과 마음의 풍경을 다르게 담을 수 있다면 그 또한 반갑지 않을 수 없기 때문이다.